Conception graphique et réalisation de la maquette :
François Lemaire, assisté de Florence Commarieu

Hachette Jeunesse :
Frédérique de Buron, directeur
Sarah Kœgler-Jacquet, directeur éditorial
Maryl Foucault, directeur artistique
Sylvie Michel, éditeur
Maud Dall'Agnola, fabrication

Recherches iconographiques :
François Lemaire

Illustrations Tiléon :
Fred Péault

Nous remercions :
Jean-Pierre Leblan

Mon imagier des fêtes et des loisirs

HACHETTE
Jeunesse

© Hachette Livre, 2008
Dépôt légal : Mars 2008 – Édition 01
Loi n° 49-956 du 16 juillet 1949 sur les publications destinées à la jeunesse.
Imprimé en Espagne par Graficas Estella.

Mon Imagier des fêtes et des loisirs

pour partir à la découverte du monde
... et grandir !

Conçu spécialement pour accompagner votre enfant de 2 à 5 ans dans sa découverte du monde, cet imagier tout en photographies offre une aide pédagogique et ludique indispensable à l'éveil des tout-petits et à l'apprentissage des plus grands.

En fonction de l'âge de votre enfant, cet imagier évolutif lui propose trois niveaux de lecture qui, tous, stimulent sa curiosité et son sens de l'observation, le guident dans ses premières découvertes et favorisent la reconnaissance qu'il se fait du monde, des autres et de lui-même.

• Les tout-petits vont pouvoir associer les mots et les images, apprendre à reconnaître et à nommer, ainsi qu'enrichir leur vocabulaire.

•• Grâce à une mise en scène réaliste, votre enfant est conduit à situer chacun des éléments dans son environnement afin d'appréhender le monde dans toute sa richesse.

••• Enfin, pour les plus grands, une suite d'images sur chaque page les invite à en savoir plus en abordant les premiers sujets documentaires.

Au fil des pages, la lecture s'anime grâce à la présence d'un personnage malicieux, Tiléon, qui guide votre enfant avec humour et tendresse dans son exploration du monde. Des devinettes favorisent aussi l'échange et le dialogue pour que la découverte de *Mon Imagier des fêtes et des loisirs* soit un moment de lecture complice et de partage.

Sommaire

À LA MAISON

LE MERCREDI

LES SORTIES

LES FÊTES

EN VACANCES

À LA MAISON

un bac à sable

une dînette

un jeu vidéo

un toboggan

une petite voiture

une poupée

une balançoire

un jeu de construction

un cheval à bascule

un tricycle

une toupie

la chambre

dans la maison

un ordinateur

un coffre
à jouets

une peluche

**Avec quoi
écrit-on sur
un tableau noir ?**

lire
une histoire

Quelle plante pique mais n'a pas d'épine ?

un potager

semer des graines

un râteau

jardiner et bricoler

la terre

un tuyau

tailler

un arrosoir

un plant
de tomates

des salades

une brouette

une bêche

une fourche

cueillir
un bouquet
de fleurs

peindre

clouer

visser

scier

mélanger
les ingrédients

étaler la pâte

découper les sablés

mettre au four

de la farine

un tablier

des cuillères
en bois

du lait

du sucre

un saladier

un fouet

du beurre

des casseroles

un mixeur

en cuisine

une balance

un moule
à gâteau

un rouleau
à pâtisserie

? comment
s'appelle
le chapeau
des cuisiniers ?

LE MERCREDI

un maillot

un stade

faire du sport

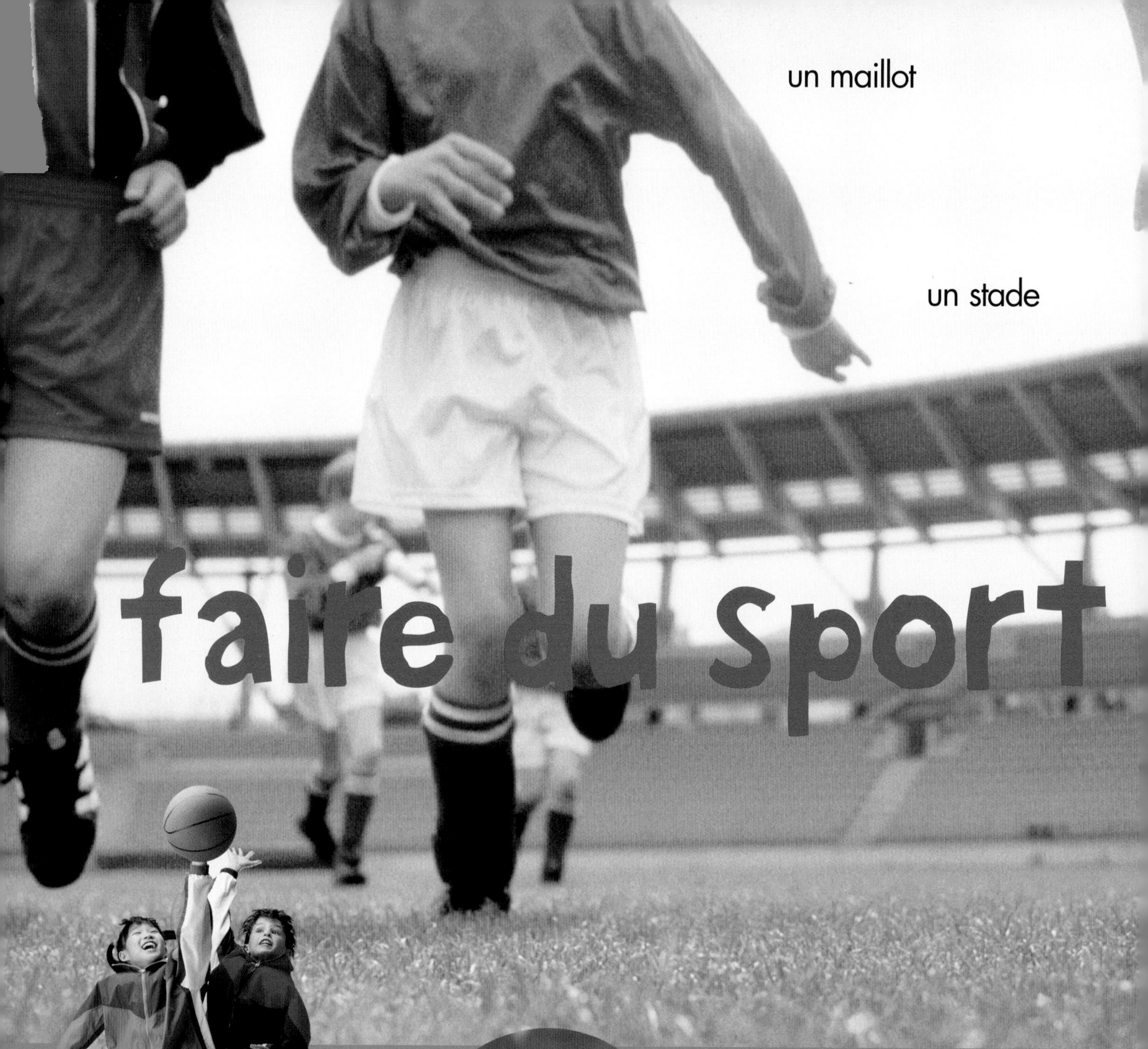

le judo

le basket

le rugby

comment s'appelle le tapis de judo ?

un match
de football

un ballon

une piscine

la natation

plonger

l'équitation

la danse

le tennis

faire la planche

une partition

une note

une clé de sol

un métronome

un xylophone

un violon

un archet

une flûte

jouer de la musique

un piano

une trompette

une batterie

le chant

un professeur

un cours
de musique

une guitare

un accordéon

?
Sais-tu
de quelles couleurs
sont les touches
du piano ?

23

les loisirs créatifs

du papier

de la peinture

? Avec quoi fait-on de la pâte à sel ?

un pinceau

24

une gomme

un taille-crayon

un coloriage

des crayons de couleur

un découpage

des craies

des perles

une ardoise

une paire de ciseaux

de la pâte à modeler

de la colle

dessiner

écrire

des feutres

une cocotte en papier

LES SORTIES

un tableau

une tapisserie

une sculpture

des poteries

une expérience

un paléontologue

un laboratoire

un audioguide

un squelette

une vitrine

un microscope

comment appelle-t-on un très grand tableau ?

au musée

une tête
de dinosaure

une mâchoire

au zoo

un éléphant

un soigneur

un enclos

Sais-tu comment s'appelle le petit de l'éléphant ?

30

un panda

des hippopotames

un aquarium

un serpent

un tigre

des poissons-clowns

une girafe

un crocodile

un kangourou

une raie

un singe

un requin

la piscine à boules

les montagnes russes

la grande roue

les chaises volantes

à la fête

un carrousel

un manège

une peluche

la pêche aux canards

foraine

? que faut-il attraper pour gagner un tour de manège ?

des chevaux de bois

un jeu d'adresse

une barbe à papa

une glace

une auto tamponneuse

Quelle est
la marionnette
la plus connue ?

un théâtre
de marionnettes

des spectateurs

le patinage artistique

un ballet

applaudir

un cirque

au spectacle

un clown

un concert

une loge

une actrice

un acrobate

chanter

saluer le public

un numéro équestre

LES FÊTES

un jeu de société

des billes

des cartes à jouer

des quilles

un chapeau pointu

des cadeaux

un gobelet

souffler les bougies

s'embrasser

Que met-on sur un gâteau d'anniversaire ?

des ballons

joyeux anniversaire!

des copains
et des copines

faire des bulles

un gâteau

une paille

déballer

39

jouer à colin-maillard

une course en sac

un jeu de fléchettes

le tir à la corde

le stand
« maquillage »

des crêpes

un gâteau
au chocolat

des bonbons

la kermesse

une marelle

une aire
de jeux

du jus
de fruits

une buvette

des parents

la pêche
miraculeuse

? Sais-tu
quand a lieu
la kermesse
de l'école ?

41

une boule

une guirlande

un sapin

Sais-tu qui apporte les cadeaux à Noël ?

des paquets

les fêtes gourmandes

une clémentine

une bûche glacée

des truffes en chocolat

chercher des œufs de Pâques

une dinde

du gui

une couronne de houx

une poule en chocolat

un calendrier de l'avent

décorer

un lapin en chocolat

une crèche

des santons

un marché de Noël

des œufs en sucre

des citrouilles

danser

des confettis

un masque

une sucette

découper

un feu d'artifice

? Sais-tu en quoi je suis déguisé ?

des bonbons

décorer

se déguiser en sorcière

un carnaval

des lanternes d'Halloween

une fanfare

les fêtes
déguisées

EN VACANCES

la pêche

monter à cheval

la cueillette

nourrir les moutons

un sac
de couchage

une tente

camper

un feu
de camp

une prairie

un agriculteur

un tracteur

pique-
niquer

une corde
à linge

faire la vaisselle

à la campagne

une ferme

un troupeau
de vaches

un sac
à dos

?

quel animal
Tiléon vient
de traire ?

un cerf-volant

une bouée

des coquillages

une pelle

se baigner

un château de sable

un seau

50

un maillot de bain

la plage

à la mer

le ski nautique

la planche à voile

la plongée sous-marine

un masque

Sais-tu ce qui fait avancer la planche à voile ?

une étoile de mer

un tuba

le char à voile

le kayak

l'escalade

le VTT

la randonnée

le patin
à glace

un télésiège

lancer des boules
de neige

le surf
des neiges

des raquettes

un chalet

un bonhomme
de neige

le ski de fond

à la montagne

des sapins

un cours de ski

une monitrice

? Que **tirent** les chiens sur la neige ?

une luge

53

en voyage

les pyramides d'Égypte

un chameau

?

Sais-tu combien de bosses a le chameau ?

une valise

un Caméscope

un appareil-photo

un paquebot de croisière

un passeport

prendre l'avion

un camping-car

des cartes postales

une carte routière

un monument

la Grande Muraille de Chine

le Taj Mahal en Inde

la tour Eiffel à Paris

les gratte-ciel de New York

Index

crédits photographiques

© Getty Images (sauf mentions particulières) :

COUVERTURE

Des ballons : Image Source Black / Image Source
Un sapin : Image Source Pink / Image Source
Petite fille avec une guirlande : Image Source Pink / Image Source
Un gâteau d'anniversaire : Stockbyte / Stockbyte
Enfants dans l'eau : Purestock / Purestock
Des craies : George Doyle / Stockbyte
Des jouets de plage : Tetra Images / Tetra Images
Un piano : Imagewerks / Imagewerks RF
Une paire de ciseaux : George Doyle / Stockdisc Classic
Un tricycle : C Squared Studios / Photodisc Green
Des billes : Purestock / Purestock
Petite fille avec de la peinture sur les doigts : Katy McDonnell / Digital Vision

À LA MAISON

Ouverture : Clarissa Leahy / Taxi

Dans la maison

Scène : redcover.com / Red Cover
Un bac à sable : Reggie Casagrande / Photonica
Un toboggan : Johner / Johner Images
Une balançoire : Amana Images
Un tricycle : Steve Gorton / Dorling Kindersley
Une dînette : Victoria Snowber / Taxi
Un jeu vidéo : Thomas Tolstrup / Taxi
Une petite voiture : Paul Bricknell / Dorling Kindersley
Une poupée : Andy Crawford / Dorling Kindersley
Un cheval à bascule : Dave King / Dorling Kindersley
Un jeu de construction : Jaimie D. Travis / DK Stock
Une toupie : Peter Dazeley / Photographer's Choice

Jardiner et bricoler

Scène : Dan Bigelow / The Image Bank
Un tuyau : Angela Wyant / The Image Bank
Un arrosoir : Steve Gorton / Dorling Kindersley
Tailler : Philip Simpson Photographer / Photonica
Enfant ramassant une salade : Tobi Corney / Stone+
Un plant de tomates : Inga Spence / Visuals Unlimited
Une bêche et une fourche : Peter Anderson / Dorling Kindersley
Une brouette : Mecky / Photonica
Cueillir un bouquet de fleurs : Bob Thomas / Photographer's Choice
Peindre : Yellow Dog Productions / The Image Bank
Clouer : Rosanne Olson / Stone
Visser : Andreas Pollok / Stone
Scier : Johner / Photonica

En cuisine

Scène : Hans Neleman / Taxi
Mélanger les ingrédients : James Baigrie / Taxi
Étaler la pâte : Sean Justice / Photonica
Découper les sablés : Sean Justice / Photonica
Mettre au four : Fotokia / StockFood Creative

De la farine : Adie Bush / Photonica
Un tablier : Dave King / Dorling Kindersley
Un saladier et des cuillères en bois : Michael Paul / StockFood Creative
Du lait : Michael Rosenfeld / Photographer's Choice
Du sucre : Andy Crawford / Dorling Kindersley
Du beurre : Denis Westhoff, © Hachette Livre
Un fouet : Davies and Starr / Stone
Des casseroles : © Ikéa
Un mixeur : Nick Dolding / Taxi
Une balance : Andy Crawford / Dorling Kindersley

LE MERCREDI

Ouverture : Andreas Kuehn / Taxi

Faire du sport

Scène : Bart Geerligs / Taxi
Le basket : Jade Albert Studio, Inc. / Taxi
Le rugby : Photo & Co / Stone+
Petite fille en tenue de judo : Tony Hopewell / Taxi
L'équitation : David Handley / Dorling Kindersley
La danse : David Handley / Dorling Kindersley
Le tennis : Jim Cummins / Taxi
Une piscine : Charles Daniels / Photonica
La natation : David Madison / Stone
Plonger : William H. Edwards / Photographer's Choice
Faire la planche : Lisa Kimmell / Photonica

Jouer de la musique

Scène : Alexander Walter / Taxi
Une partition : Ramona Rosales / Taxi
Une note : Christopher Thomas / Photographer's Choice
Une clé de sol : Martin Barraud / Stone
Un métronome : Andrew Southon / Photonica
Un violon et son archet : Denis Westhoff, © Hachette Livre
Un xylophone : Denis Westhoff, © Hachette Livre
Une flûte : Darren Robb / The Image Bank
Un piano : Denis Westhoff, © Hachette Livre
Une trompette : VEER Ellen Denuto / Photonica
Petite fille qui chante : Charlotte Nation / Stone+
Une batterie : Denis Westhoff, © Hachette Livre

Les loisirs créatifs

Scène : Stephanie Rausser / Taxi
Une gomme : Andy Crawford / Dorling Kindersley
Un taille-crayon : Jack Ambrose / Photographer's Choice
Un coloriage : Michael Lander / Nordic Photos
Des crayons de couleur : Steve Gorton / Dorling Kindersley
Des craies : Ullamaija Hanninen / Gorilla Creative Images
Une ardoise : Christopher Thomas / Photographer's Choice
De la colle : Dorling Kindersley / Dorling Kindersley
Dessiner : Asia Images
Une paire de ciseaux : Steve Gorton & Gary Ombler / Dorling Kindersley
Écrire : Elyse Lewin / Photographer's Choice
Des feutres : Steve Gorton / Dorling Kindersley
Un découpage : Richard Kolker / Photographer's Choice
Des perles : Richard Elliott / Taxi
De la pâte à modeler : Denis Westhoff, © Hachette Livre
Une cocotte en papier : Simon Watson / Stone

LES SORTIES

Ouverture : Holly Harris / Stone

Au musée

Scène : Stephen Wilkes / Stone
Un tableau : Grant V. Faint / Iconica
Une tapisserie : Upperhall / Robert Harding World Imagery
Une sculpture : Glenn Beanland / Lonely Planet Images
Des poteries : Kenneth Garrett / National Geographic
Une expérience : Seiya Kawamoto / Taxi
Un laboratoire : Louie Psihoyos / Science Faction
Un squelette : Louie Psihoyos / Science Faction
Une vitrine : Justin Pumfrey / Taxi
Un microscope : Karl Grupe / Photonica

Au zoo

Scène : Dave King / Dorling Kindersley
Un panda : Karen Pulfer Focht / America 24-7
Des hippopotames : Daryl Balfour / Gallo Images
Un serpent : Dave King / Dorling Kindersley
Un tigre : Joel Sartore / National Geographic
Un crocodile : James Balog / Aurora
Une girafe : Matthias Clamer / Stone+
Un kangourou : Annie Griffiths Belt / National Geographic
Un singe : Cyril Ruoso/JH Editorial / Minden Pictures
Un aquarium : Stephen Alvarez / National Geographic
Des poissons-clowns : GK Hart/Vikki Hart / Stone
Une raie : Oxford Scientific / Photolibrary
Un requin : Brian J. Skerry / National Geographic

À la fête foraine

Scène : Martine Mouchy / Stone
La piscine à boules : Mel Yates / Taxi
Les montagnes russes : Roger Holmes / Photonica
La grande roue : VEER John Churchman / Photonica
Les chaises volantes : Nick Daly / Stone+
Un manège : DreamPictures / Stone
Une peluche : Andreas Pollok / Taxi
La pêche aux canards : Jodi Cobb / National Geographic
Un jeu d'adresse : Urban Zintel / Stock4B

Une barbe à papa : Paul Conrath / Taxi
Une glace : Douglas Johns / StockFood Creative
Une auto tamponneuse : Hola Images / Hola Images

Au spectacle

Scène : Marie Dubrac/ANYONE / Amana images
Un ballet : Holger Leue / Lonely Planet Images
Une patineuse : Soren Hald / Stone
Public qui applaudit : Ryan McVay / Stone
Un concert : Barry Gnyp / UpperCut Images
Une actrice : DreamPictures / Taxi
Enfants qui saluent le public : Dirk Anschutz / Stone
Petite fille qui chante : Peter Dazeley / Stone
Un cirque : Johner / Johner Images
Un clown : Ray Massey / Stone
Un acrobate : Mike Powell / Stone
Un numéro équestre : Lynn Saville / Photonica

LES FÊTES

Ouverture : Peter Dazeley / Stone

Joyeux anniversaire !

Scène : Bluestone Productions / Taxi
Un jeu de société : Mark Douet / Taxi
Des billes : George Diebold / Photographer's Choice
Des cartes à jouer : Kevin Mackintosh / Stone
Des quilles : Paul Bricknell / Dorling Kindersley
Enfant soufflant des bougies : Wang Leng / Asia Images
Petite fille qui embrasse un garçon : TIMLI / Photonica
Petite fille qui fait des bulles : Tony Anderson / Taxi
Un gâteau : Susanna Price / Dorling Kindersley
Un jus de fruits : Ian O'Leary / Dorling Kindersley
Petite fille avec des cadeaux : Paul Burley Photography / Photonica

La kermesse

Scène : © Françoise Bouillot / Marco Polo
Jouer à colin-maillard : Peter Cade / Stone
Une course en sac : Darren Robb / Stone
Un jeu de fléchettes : Mikael Andersson / Nordic Photos
Le tir à la corde : Darren Robb / The Image Bank
Un stand de maquillage : PM / Reportage
Un gâteau au chocolat : Denis Westhoff, © Hachette Livre
Des crêpes : Denis Westhoff, © Hachette Livre
Des bonbons : Denis Westhoff, © Hachette Livre
Une aire de jeux : Lynn James / Photonica
Un cheval à ressort : Hola Images / Hola Images
Une marelle : Ebby May / Taxi
Une buvette : Xavier Bonghi / The Image Bank
Une carafe de jus d'orange : Dorling Kindersley / Dorling Kindersley

Les fêtes gourmandes

Scène : Y.Nakajima/un/ANYONE / amana images
Une clémentine : Douglas Johns / StockFood Creative
Une dinde : Lisa Romerein / Stone
Une bûche glacée : Frank Wieder / StockFood Creative
Des truffes en chocolat : Pia Tryde / Dorling Kindersley
Du gui : Kevin Summers / Photographer's Choice
Une couronne de houx : Dave King / Dorling Kindersley
Un calendrier de l'avent : Michael Rosenfeld / Photographer's Choice

Petite fille qui décore un sapin : Ullamaija Hanninen / Gorilla Creative Images
Une crèche : Barnabas Kindersley / Dorling Kindersley
Un marché de Noël : Klaus Hackenberg / Stone
Chercher des œufs de Pâques : Jutta Klee / Taxi
Une poule en chocolat : Roger Wright / Stone
Un lapin en chocolat : altrendo images / Altrendo
Des œufs en sucre : FoodPhotography Eising / StockFood Creative

Les fêtes déguisées

Scène : Tony Anderson / Taxi
Des citrouilles : Inga Spence / Visuals Unlimited
Découper une citrouille : Peter Dazeley / The Image Bank
Enfant tenant une citrouille : Dave Greenwood / Taxi
Des lanternes d'Halloween : Stephen St. John / National Geographic
Enfant qui danse : Charlotte Nation / Stone+
Des confettis : Sophie Broadbridge / Stone
Un masque : CSA Plastock / CSA Plastock
Une sucette : Charles Nesbit / Photonica
Des bonbons : Charles Nesbit / Photonica
Un feu d'artifice : Wataru Yanagida / Photonica
Une fanfare : Ryan McVay / Stone+
Petite fille déguisée en sorcière : Andy Crawford / Dorling Kindersley
Un carnaval : Marvin E. Newman / Photographer's Choice

EN VACANCES

Ouverture : Dan Burn-Forti / Stone

À la campagne

Scène : Altrendo Travel / Altrendo
La pêche : Michael Poehlman / Taxi
Monter à cheval : altrendo images / Altrendo
La cueillette : Chris Whitehead / Taxi
Nourrir les moutons : altrendo images / Altrendo
Un sac de couchage : Patrick Molnar / The Image Bank
Une tente : Anne Ackermann / Taxi
Un feu de camp : Rosebud Pictures / Riser
Une prairie : Dana Neibert / UpperCut Images
Un agriculteur : Emmerich-Webb / Photonica
Un tracteur : Dorling Kindersley / Dorling Kindersley
Une corde à linge : altrendo images / Altrendo
Pique-niquer : Fuer Harald & Erhard Fotografie / Stone
Faire la vaisselle : Philip Lee Harvey / Taxi
Garçons de dos : Opitz / PicturePress / StudioX

À la mer

Scène : Dream Pictures/Ostrow / Stone
Enfant tenant un cerf-volant : Steve Satushek / Photographer's Choice
Enfants qui se baignent : Laureen Middley / Stone
Des coquillages : Patrick Molnar / Photonica
Un château de sable : Dave King / Dorling Kindersley
Enfant jouant sur la plage : James Ross / Taxi
Une étoile de mer : Hiroshi Higuchi / Photographer's Choice
Un masque et un tuba : Dorling Kindersley / Dorling Kindersley
Le ski nautique : Gemstone Images / First Light
La planche à voile : Timothy Laman / National Geographic
La plongée sous-marine : Bill Curtsinger / National Geographic

Le char à voile : Walter Meayers Edwards / National Geographic

À la montagne

Scène : John Terence Turner / Taxi
Le kayak : Cameron Lawson / National Geographic
L'escalade : Henry Georgi / Aurora
Le VTT : Photo & Co / Taxi
La randonnée : Pierre Jacques / hemis.fr
Le patin à glace : John Terence Turner / Taxi
Lancer des boules de neige : John Burcham / National Geographic
Un télésiège : Johannes Kroemer / Photonica
Le surf des neiges : Richard Price / Taxi
Des raquettes : Brooke Slezak / Taxi
Un bonhomme de neige : BP / Taxi
Un chalet : Josef Fankhauser / Photographer's Choice
Le ski de fond : Per Breiehagen / Photographer's Choice

En voyage

Scène : Philip & Karen Smith / Lonely Planet Images
Une valise : Picturegarden / Photonica
Un Caméscope : Philip Kaake /Photonica
Un appareil-photo : Dave King / Dorling Kindersley
Un passeport : Stephen Oliver / Dorling Kindersley
Petite fille regardant un avion : Stephen Simpson / Photographer's Choice
Un paquebot de croisière : Tom Paiva / Taxi
Un camping-car : Diehm / Iconica
Des cartes postales : Demetrio Carrasco / Dorling Kindersley
Une carte routière : Dorling Kindersley / Dorling Kindersley
Un monument : Erin Patrice O'Brien / Taxi
La Grande Muraille de Chine : Keren Su / China Span
Le Taj Mahal en Inde : Doug Corrance / Taxi
La tour Eiffel à Paris : Travelpix Ltd / Photographer's Choice
Les gratte-ciel de New York : Frank Schwere / Stone

Les réponses de Tiléon

P. 13 : des craies
P. 14 : l'ortie
P. 17 : une toque

P. 20 : le tatami
P. 23 : noires et blanches
P. 24 : de la farine, du sel et de l'eau

P. 28 : une fresque
P. 30 : l'éléphanteau
P. 33 : le pompon
P. 34 : Guignol

P. 38 : des bougies
P. 41 : en juin
P. 42 : le Père Noël
P. 44 : en pirate

P. 49 : une vache
P. 51 : le vent
P. 53 : un traîneau
P. 54 : 2 (1 pour le dromadaire)